LE POIRIER,

OPERA COMIQUE.

LE POIRIER,

OPERA COMIQUE,

Par M. VADÉ,

Représenté pour la premiere fois sur le Théâtre de la Foire S. Laurent, le 7 Août 1752.

Le prix est de 24 sols.

A PARIS,

Chez DUCHESNE, Libraire, Ruë Saint-Jacques, au-dessous de la Fontaine Saint-Benoît, au Temple du Goût.

M D C C L I I.

PERSONNAGES.

THOMAS, *Tuteur de Claudine & de Lucette, &
Amoureux de Claudine.* M. PARENT.

CLAUDINE, *Amante de Lubin.* Mlle. DEGLANDS.

LUCETTE, *Sœur de Claudine.* Mlle. DESCHAMPS.

LUBIN, *Sous le nom de Pierot, Amant de Claudine.* M. DESCHAMPS.

M. DE BONSECOURS, *Seigneur d'un Village
voisin.* M. PINOT.

BLAISE, *Pêcheur.* M. DE L'ECLUSE.

*La Scene est dans un Village sur les bords
la Seine.*

LE POIRIER

OPERA COMIQUE.

SCENE PREMIERE.

PIEROT.

SI tous les jaloux étoient au fond de la riviere, je serois moins à plaindre, & M. Thomas au service duquel je me suis mis pour plaire à Claudine dont il est Tuteur, auroit le tems de se noyer avant que j'allasse le secourir.

AIR. *La petite Lize, veut qu'on la conduise.*

> Ce qui me chagrine,
> Hélas ! c'est que Claudine
> Ne peut faire un pas
> Qu'avec ce vieux Thomas.

A

Et fa fœur Lucette
Qui toujours la guette ,
Forcé mon cœur
A cacher fon ardeur
Ma chere Claudine ,
Si tu ne me devine ,
Pierot en ce jour ,
Mourra de fon amour.

Thomas époufe demain ma Maitreffe ; il en eft détefté ; mais enfin il l'époufe. J'ai vaine-ment pris le ton & l'habit d'un niais.

AIR. *Au bord d'un clair ruiffeau.*

Je n'ai pû de cet ours
Tromper la vigilance ;
Contre la défiance
Que fervent les détours ?
Que je fuis malheureux ! . . .

SCENE II.

PIEROT, BLAISE *portant un panier rem-pli de poiffon.*

BLAISE *fans voir Pierot.*

AIR. *Lon fariradondaine guai.*

VIVE un bon luron ,
Que rien ne chagrine ,
Qui vuide un flacon ,

Sans reprendre haleine.
            Bon ,
Lon farira dondaine guay ,
    Lon farira dondé.

        PIEROT *à part.*

C'eſt Blaiſe

            BLAISE.

        Même air.

C'eſt à l'hameçon ,
Que pêche Climene ,
J'endors le goujon ,
Pour qu'alle le prenne . . . Bon , &c.

        PIEROT *à part.*

Qu'il eſt heureux.

            BLAISE.
        Même air.

Avec les tendrons
Qu'amour nous amene ,
Le ſoir je pêchons
Au bord de la Seine...Bon , &c.

        PIEROT *à part.*

J'admire ſa gayeté.

            BLAISE.

D'ici le Patron ,
Va pêcher Claudaine
Un pareil poiſſon
En vaut ben la peine . . . Bon , &c.
                        A ij

PIEROT.

Hélas !

BLAISE.

En v'la de beaux pour la nôce de fon feftin, mais ça ly coutra cher, *appercevant Pierot*. Queuque c'eft que grand flandrin là qui a l'air d'avoir la meine trifte ? Hé cadet ! à quoi donc qu'tu rêve-là ?

PIÉROT.

AIR. *Morbleu, fi je la tenois.*

Je fonge à la différence
De votre joye à mon fort ;

BLAISE.

A ton avis ai-je tort ?
Le chagrin de rien n'avance,
Pour tout bien je fuis content,
J'aime, bois, ris, chante & danfe
Pour tout bien je fuis content,
Tiens partageons, mon enfant.

He ben allons donc, tu reffembles à un accident comme deux goutes d'eau. Pour t'égayer un peu, viens me montrer où demeure la maifon à M. Thomas.

PIEROT.

C'eft ici. Vous ne pouviez mieux vous adreffer, je lui appartiens.

BLAISE.

AIR. *En miſtico.*

Oh pargué, je t'en falicite,
En miſtico en dardillon, en dar, dar, dar, dar, dar,
Car ſa future a du mérite
Et tu m'as l'air aſſez,
Miſtipicoté
futé

Il le prend par la main.

Tiens, mon ami, je m'y connois vois-tu...

Il recule deux pas en ôtant ſon chapeau.

Quoi donc ! queu viſion ! hé c'eſt vous M. Lubin, l'maître Farmier du village de la Liau ? Il y a trois mois qu'on vous cherche à coups de tambour ni plus ni moins qu'un bijou pardu.

AIR. *Car.*

Comme vous v'la,
Quelle métaphormoſe !
Dans tout cela
J'aviſe queuque choſe,
Car,
T'nez, vous n'êtes pas ſans cauſe
Le valet de ce vieillard.

Claudenne ne ſeroit-elle pas par hazard le ſurjet de tout ça ?

PIEROT.

Rien de plus vrai, mon cher Blaiſe.

BLAISE.

Hé, mais comment ça se gouverne-t'y?

PIEROT.

Le Tuteur est un Argus éternel, & je n'ai pû
encore parler à Claudine que des yeux; mais
j'ai crû entrevoir dans les siens quelqu'espoir...

BLAISE.

Vous n'êtes pas mal avancé!

AIR. *Je n'en dirai pas davantage.*

> Faut pas s'en rapporter aux yeux
> C'est un jargon qui trompe au mieux,
> Des Belles c'est là le langage,
> En aiment-elles davantage?

Non, c'est un tournement de regard à l'occasion de leur gloire qui fait ça, & les nigauds pre-
nent le change.

PIEROT.

Va, Claudine est trop naturelle.

AIR. *L'autre jour étant assis.*

> Elle fixe mes desirs,
> Mon cœur près de cette Belle,
> A cent fois par mes soupirs,
> Dit ce qu'il ressent pour elle
> Je l'ai vûe à son tour
> Soupirer & se taire
> Tel est du tendre amour
> Le langage sincére.

BLAISE.

C'eft ben dit ; mais avec tout ça, vous ne tenez rien, faut de la parole, Monfieur Lubin. Faut agir, voyez-vous.

Air. *Mon Papa toute la nuit.*

On amorce le poiffon
Pour qu'il entre dans la naffe
Si Claudaine entend raifon. .. .

PIEROT.

Quoi ! que veux-tu que je faffe.

BLAISE.

Enlevez , enlevez, enlevez-la ,
Dans ma barque je vous paffe.,
Enlevez , &c.

PIEROT.

Ah ! je crains trop pour cela.

BLAISE.

Quoi donc craindre ! il n'y a pas de crainte à avoir; quand vous ferez une fois cheux vous tout fera dit ; & d'un autre côté.

Air. *Chacun à fon tour.*

Le Seigneur du lieu vous eftime
A le faire il eft engagé ;
Votre mere étoit fon intime
Et l'avoit par fois obligé ;

A iv

Il peut donc en vous donnant retraite,
Vous rendre service en ce jour ;
    Chacun à son tour ,
    Liron, lirette ,
    Chacun à son tour.

Et puis avec ça il est en procès avec M. Thomas, ça jettra de l'huile dans le feu ; & si M.
Thomas vous poursuivoit, il trouveroit à qui
parler. Hé puis tenez, ma barque a ça de bon
drès qu'une fille y a mis le pied...Votre serviteur;
les jaloux y renoncent. Je m'en vas porter mon
poisson, arrangez-vous là-dessus avec votre par-
sonniere.   *Il sort.*

PIEROT.

Ne m'abandonne pas si je la détermine.

BLAISE.

Non, non, allez.   *Revenant sur ses pas.*

J'veux dire queu maniere d'humeur que c'est
M. Thomas? C'est qu'en cas d'occasion, c'est
bon à sçavoir.

AIR. *Joseph est bien marié.*

Ce Tuteur est-il madré ?

PIEROT.

Non, c'est un avare outré,
Amoureux par fantaisie
Défiant par jalousie,
Qui par bétise croit tout.

BLAISE.

Allez, j'en vienrons à bout.

J'irons dire un mot de tout ça à M. de Bon-
fecours, Seigneur de cheux vous, & puis je re-
paffe ici, c'eft l'affaire de quatre coup de rames.
Sans adieu, M. Lubin.

PIEROT.

Crois que ma reconnoiffance......

BLAISE *s'en allant.*

Chantons leftamini, chantons leftamina,
chantons leftamini, chantons letamina.

SCENE III.

PIEROT *feul.*

CLaudine ne fe préfente point à ma vûe,
le tuteur l'obféde fans doute.

AIR. *Quel voile importun.*

Du jeune Objet que j'adore
Ne verrai-je pas,
Les inocens appas !
O toi que mon cœur implore
Remplis mes defirs
Puiffant Dieu des plaifirs !

Termine mon impatience
Conduis ses pas dans ce séjour
Hélas tu sçais que sa présence
Est pour moi la lumiere du jour.
Du jeune Objet, &c.

Ces fleurs, cette verdure
Ne m'offrent qu'un triste tableau
Mais quand je la vois tout est beau
Tout rit dans la nature.
Du jeune Objet, &c.

Mais voici Lucette sa maligne petite sœur ; reprenons devant elle notre rôle d'imbécile.

SCENE IV.

LUCETTE, PIEROT.

LUCETTE *à part.*

MA sœur me parle de Pierot avec une sorte de défiance, elle est rêveuse... ce garçon a une certaine bonne mine qui dément son état, & je soupçonnerois presque.... Mais non il est si bête !

PIEROT *d'un ton niais.*

Ah, bon jour, Mademoiselle Lucette ; où est donc Mademoiselle Claudine votre sœur ?

LUCETTE.

Eh mais, elle eft... vous êtes bien curieux, qu'eft-ce que vous lui voulez ?

PIEROT, *tout lentement.*

A i r. *Je voudrois bien me marier.*

Je voudrois bien lui dire un mot.

LUCETTE *le contrefaifant.*

Que pourriez-vous lui dire ?

PIEROT *foupirant.*

Je ne fçais pas.

LUCETTE *riant.*

Ah, qu'il eft fot.

PIEROT.

Qu'avez-vous donc à rire ?

LUCETTE.

C'eft que vous foupirez Pierot.

PIEROT.

Hé bien oui je foupire.

LUCETTE.

Oui da ! eft-ce là ce que vous vouliez dire à

ma sœur ? Oh, c'est la même chose, je le lui
reporterai ; ou bien si vous voulez, M. Thomas
lui en fera la confidence.

PIEROT.

AIR, *Allons gai toujours gai.*

> Ah petite méchante
> Vous me désespérés.

LUCETTE.

> La complainte est touchante !
> Je crois que vous pleurés.
> Allons gai toujours gai.

PIEROT *naturellement.*

Aimable Lucette, loin de m'accabler, plaignez-
moi, je mérite toute vôtre pitié.

LUCETTE.

Oh, oh, voici du férieux.

PIEROT *à part.*

Qu'ai-je dit ?

LUCETTE.

Vraiment, il se dégourdit.

SCENE V.

CLAUDINE, LUCETTE, PIEROT.

LUCETTE.

AH, ma fœur, ma fœur approchez. Tenez M. Pierrot vous honore, je crois, de fa tendreffe.

CLAUDINE.
Hé bien, ma fœur !

PIEROT.

Air. *Un inconnu.*

*Moi vous aimer ! ah, voyez quel menfonge!
Me fiéroit-il d'adorer vos appas ?
Mais quand j'y fonge,
Claudine hélas ,
Si vous faviez, non! vous ne croiriez pas
Dans quel plaifir leur fouvenir me plonge.

LUCETTE.
Voyez-vous?

PIEROT.

Air. *Quand le péril eſt agréable.*

Vainement j'en ferois miſtere ,
Tout confpire à me dévoiler

Quand vos yeux daignent me parler
Mon cœur doit-il se taire ?

D'ailleurs le tems presse.

CLAUDINE.

AIR. *Ne m'entendez-vous pas.*

Je ne vous entends pas.

PIEROT.

Si l'amour le plus tendre
Ne peut se faire entendre,
Que deviendrai-je hélas.

CLAUDINE.

Je ne vous entends pas.
à part.
Qu'il m'en coute pour le rebuter !

LUCETTE.

AIR. *Paris est au Roi.*

Mais vraiment Pierot,
Pierot n'est pas sot,
L'amour qui l'enhardit
Regne en ce qu'il dit,
Pour moi je le crois
Un futé matois,
Tenez voyez ma sœur
Cet air séducteur.

CLAUDINE.

à part.　　　　　　　　*haut.*

Je fçais bien qu'en penfer. Mais ma fœur,
M. Thomas eft feul ; il pourroit s'ennuyer.

AIR. *Va-t-en voir s'ils viennent.*

Vous fçavez que vos befoins
Par lui fe previennent,
Allez lui rendre vos foins ,
Ces foins la conviennent.

LUCETTE.

Va-t-en voir s'ils viennent.

Pour vous laiffer avec Pierrot. J'entends.

CLAUDINE.

Mais lui dis-je quelque chofe ?

LUCETTE.

Non, mais vous pouffez des foupirs.

PIEROT.

AIR. *Mais hélas je m'apperçois bien.*

Si dans un rang moins obfcur
Le deftin m'avoit fait naître ,
Pour moi votre cœur moins dur ,
Pourroit m'écouter peut-être :

Mais hélas je m'aperçois bien
Que pour plaire il faut paroître :
Mais hélas je m'aperçois bien …

CLAUDINE *tendrement.*

Allez ne jurez de rien.

LUCETTE.

Vous l'aimez donc ?

CLAUDINE.

Oui petite espionne.

LUCETTE.

Et fi, ma sœur.

PIEROT.

Quoi, belle Claudine, j'aurois le bonheur,
malgré mon état ....

CLAUDINE.

AIR. *Dans nos hameaux la paix & l'innocence.*

Ah, fi j'en crois ce que mon cœur defire,
Vous n'êtes point ce que vous paroiffez,
Votre douceur, vos foins doivent fuffire
Pour le prouver.

PIEROT.

Que vous me raviffez !

Oui

Oui pour vous rendre en fecret mon hommage,
J'ai de bon cœur pris ce déguifement.

CLAUDINE *tendrement.*

Quoi s'abaiffer ! …

PIEROT.

Les marques d'efclavage
Sont de l'amour le plus bel ornement.

Lubin eft mon nom ; & ma famille & mon
bien pourront vous être bientôt connus fi vous
êtes touchée de mon martyre.

CLAUDINE.

AIR. *Un Miniftre de Calais.*

Hélas vous caufez le mien.

LUCETTE.

Tout ceci me rend jaloufe.

CLAUDINE.

Mais Lubin n'efperez rien ;
Le Tuteur ce foir m'époufe.

LUCETTE *malignement.*

Ahi, ahi, ahi.

B

PIEROT.

AIR. *Du Prévôt des Marchands.*

Ma reffource eft le défefpoir.

CLAUDINE.

Ciel ! que me faites-vous prévoir !

PIEROT.

Comment voulez-vous que je vive
Quand vous prononcez mon trépas!

CLAUDINE.

Je frémis !... non, quoiqu'il arrive,
Cher Lubin vous ne mourrez pas.

LUCETTE.

C'eft-à-dire, Mademoifelle ma fœur, que
vous n'épouferez point M. Thomas?

CLAUDINE.

Précifement ma fœur.

PIEROT.

Que je fuis heureux!

LUCETTE.

Mais fera-ce moi?

CLAUDINE.

Je ne vous empêche pas de vous en accom-
der dans quelques années.

LUCETTE.

Non pas ma chere sœur ainée.

Air. *Qu'on me blame tant que l'on voudra.*

Pour me plaire
Il faut qu'un amant
Joigne au fentiment
Un heureux caractere
Que fincere,
Jeune & fait autour,
Il fache me faire,
Céder à l'amour.
Un volage, un indifcret,
Un mal adroit,
Un faquin, un foupirant à lunettes;
De fleurettes
Vainement m'entretiendroient,
Mes regards les confondroient
Et leur diroient
Pour me plaire,
Il faut qu'un amant
Joigne au fentiment
Un heureux caractere,
Que fincere,
Jeune & fait au tour;
Il fache me faire
Céder à l'amour.

Ainfi, vous voyez bien que je m'en tiens à Lubin. Je vous abandonne tous les autres.

CLAUDINE.

O ciel !

LUBIN.

Il ne nous manquoit plus que cet obftacle.

LUCETTE.

Comment ?

PIEROT *embaraffé*.

Je dis qne je ne m'attendois pas à tant de bonheur à la fois.

LUCETTE.

Et moi, je m'attendois à une réponfe plus honnête.

AIR. *Quel défefpoir.*

Ne craignez rien,
On ne prétent forcer perfonne,
Ne craignez rien,

D'un air dédaigneux.
Gardez votre charmant lien.

PIEROT.

Quand l'amour l'ordonne,
Sachez que le cœur fe donne.

LUCETTE.

Ma sœur est assez bonne
Pour vous laisser prendre le sien.

PIEROT.

Elle a le mien ,
Sans cela petite friponne . . .

LUCETTE.

Ne craignez rien ,

D'un ton fier.
Allez , Monsieur , on vous vaut bien.

PIEROT.

Vous vallez mille fois mieux ; mais . . .

LUCETTE.

Mais, mais, il suffit : pour vous apprendre à
être plus galant, vous n'épouserez ni Mademoiselle ni moi.

PIEROT *à part.*

Quel petit diable.

CLAUDINE.

Menuet de Granval

Ah , ma sœur , vous allez sans doute
Dire tout à Monsieur Thomas ,

B iij

Mais malgré lui quoiqu'il m'en coute...

LUCETTE.

Moi *!* je ne le lui dirai pas.

CLAUDINE.

Quoi, tout de bon, ma chere petite fœur.

LUCETTE.

Oh tout de bon. Je m'en garderai bien.

PIEROT.

Quelle difcrétion à cet âge !

LUCETTE.

A I R. *De la Courfe Italienne.*

Je ne fuis pas fi fotte vraiment
Que d'aller jafer imprudemment,
Je le connois,
Si je le lui difois
Votre fecret
Le dégouteroit,
Il laifferoit
Ma fœur, & me prendroit.
Non, je ne fuis pas fi fotte vraiment
Que d'aller jafer imprudemment.

Mais je me réferve de lui dire tout, après que
M. Thomas fera votre époux.

CLAUDINE.

A la bonne heure.

LUCETTE *à part.*

Et Lubin me reftera. *haut.* Le voilà le pauvre bonhomme.

SCENE VI.

THOMAS, CLAUDINE, LUCETTE, PIEROT.

THOMAS.

BOn jour, mes enfans. Lucette, avez-vous bien fait le guet ?

LUCETTE.

Oui, Monfieur.

THOMAS.

Vous n'avez donc rien à me dire ?

LUCETTE.

Oh non, Monfieur.

THOMAS.

Ecoutez, mon petit chat. *Il lui parle à l'o-*
reille.

CLAUDINE.

AIR. *Pour la Baronne.*

Lubin que faire,
Hélas, on va nous féparer,

PIEROT.

J'imagine un moyen, ma chere,
Un tour.

CLAUDINE.

S'il peut me raffurer,
Il faut le faire.

PIEROT.

Paroiffez dans quelques inftans défirer du
fruit de ce poirier; je me charge du refte.

CLAUDINE.

J'y confens volontiers.

THOMAS *à Lucette. Haut.*

Et vous diftribuerez des bouquets & des rubans
à chacun, entendez-vous?

LUCETTE.

Oui, Monfieur.

CLAUDINE *à part.*

Que je le détefte.

LUCETTE *à Claudine & à Lubin en s'en allant.*

Après la nôce, après la nôce.

SCENE VII.

THOMAS, CLAUDINE, PIEROT.

THOMAS.

AIR. *Zeste, zeste, zon, zon, zon.*

QUe dis-tu de mon mariage,
Montrant Claudine.
  De l'aimer n'ai-je pas raison ?
  Ma foi mon arriere saison
  Devient mon plus bel âge,
  Je renais près de ce tendron,
  Vois, ne suis-je pas encor leste;
Il saute lourdement.
    Ziste, zeste,
   Zon, zon, zon.
Il tousse un peu.
  Qu'a de plus un jeune garçon ?

N'est-ce pas mon petit chou ?

CLAUDINE *embarrassée.*

Monsieur...

THOMAS.

Dis, dis, ne te gêne pas devant Pierot, tu
sçais que c'est un bon garçon qui n'entend pas
malice, & dont nous sommes surs.

PIEROT *d'un ton niais.*

AIR. *Raisonnés ma Musette.*

Mademoiselle, ô dame !
Ça doit vous ravir l'ame
De-trouver un mari,
Qui de vous est cheri,

THOMAS.

Le pauvre garçon ! comme il prend mes in-
térêts !

PIEROT.

Moi, Monsieur, je ne desire que ce que vous
aimez.

THOMAS.

Quel zèle ! *à Claudine.* Je ne doute pas que
tu n'aimes beaucoup ton futur ; mais jure, jure-
le-moi encore.

CLAUDINE.

AIR. *La mort de mon cher pere.*

Pour un amour frivole,
Les sermens semblent faits,

C'eſt un ſon qui s'envole
Sur l'aîle des regrets,
S'aimer, & ſe le dire
Voilà le ſentiment :
Le ſentiment ſoupire,
Et voilà ſon ferment.

THOMAS.

Elle a raiſon ; mais ne pourois-tu pas dire quelque choſe de ſatisfaiſant à celui qui doit te poſſéder ; là quelque choſe de perſonnel.

CLAUDINE.

Vous le permettez ?

THOMAS.

Oh, je t'en prie.

AIR. *De mon Berger volage.*

CLAUDINE.

Que l'objet qui m'engage,
Eſt un objet touchant !
Il a par ſon hommage
Fait naître mon penchant,
Eh ! commenr ſe deffendre
De céder à ſon tour,
Quand l'amant le plus tendre
Eſt beau comme l'amour ?

THOMAS.

Diable ! je ne croyois pas ressembler si fort à ce Dieu ! tu charge un peu le portrait, ma petite reine ; mais va je t'en sçais bon gré.

PIEROT *toujours d'un ton niais.*

AIR. *De la Palisse.*

Monsieur, j'entends tout cela da !

THOMAS.

Parbleu, c'est la nature même.
à Claudine.
> Va ma pauvre petite, va,
> Je t'aime plus que tu ne m'aime.

CLAUDINE.

Monsieur, je le crois aisément.

THOMAS.

Tes sentimens, pour moi, seront bientôt récompensez ; je te laisserai la maîtresse.

AIR. *Des fraises.*

> Et tu porteras sur toi
> La clef de mes armoires,
> Viens...

CLAUDINE.
> Avant permettez-moi,
> S'il vous plaît de manger.

THOMAS.
> Quoi !

CLAUDINE.

Des poires, des poires, des poires.

THOMAS.

Oh, qu'à cela ne tienne! va Pierot, va vîte prendre une échelle & tu lui en cueilleras.

PIEROT.

J'y cours, Monfieur, j'y cours.

Il fort.

THOMAS.

Ce garçon-là m'eft bien attaché, c'eft dommage qu'il foit fi benêt.

SCENE VIII.

CLAUDINE, THOMAS.

THOMAS.

AIR. *Et non, non, non, je n'en veux pas davantage.*

Tu dois être bien contente.

CLAUDINE.

Je ne le fuis pas encor.

THOMAS.

De ton ame impatiente,
J'aime à voir le doux tranfport.
Ce foir celui qui t'engage,
De fon cœur te fera le don.

CLAUDINE.

Et non, non, non,
Je n'en veux pas davantage.

Que ne suis-je sûre de la réussite !

THOMAS *riant.*

Ah, ah, ah, elle me fait rire, est-ce que cela
peut manquer ?

CLAUDINE.

Mon cœur le craint.

THOMAS.

Ton cœur, ton cœur… a tort ; il est étonnant comme elle m'aime : ce que c'est que de
gêner les filles, & de les garder de près, on se les
attache.

SCENE IX.

THOMAS, CLAUDINE, BLAISE.

BLAISE.

AIR. *Oh reguingué.*

Serviteur à Monsieux Thomas !
    Que votre future a d'appas,
    O reguingué, ô lon lanla,
    Morgué ça seroit ben dommage,
    Qu'alle languissât davantage.

THOMAS.

Ce jour va finir son tourment.

BLAISE.

Je savons ben que tout s'apprête pour ça, &
j'en sommes ben aise ; car je nous interressons à
son intérêt ; & stila qu'alle aime est morgué ben
aimable y tout.

THOMAS.

Je te suis obligé du compliment.

BLAISE.

Oh allez, il n'y a pas de quoi ! Dites donc M.
Thomas ? vous allez ben vous réjouir ?

THOMAS.

Oh, je t'en réponds, mon enfant.

BLAISE.

AIR. *L'honneur dans un jeune tendron.*

Celle que voilà devant vous,
Mérite d'un fringant époux,
Toute l'ardeur & le courage.

THOMAS.

Mais mon tein est assez fleuri.

BLAISE.

Oui, vous portez sur le visage,
Tous les signes d'un bon mari.

THOMAS.

Quoi, franchement !

BLAISE.

Oh, en vérité.

AIR. *N'ayez pas tant de mépris.*

Vous avez avec cela
De l'esprit, dit-on,

THOMAS.

    Oui da.

BLAISE.

Vous êtes rusé,
Il n'est pas aisé.
De vous en faire accroire.

THOMAS.

Oh non !

BLAISE.

  Qui vous attrapera,
Sera pis qu'un grimoire,
  Lon la
Sera pis qu'un grimoire.

THOMAS.

Va, je le pardonne.

BLAISE.

Eh pourtant, note bourgeois, vous ne seriez pas d'humeur, sur vote respect, à céder Mademoiselle Claudaine à queuqu'autre, pas vrai ?

THOMAS.

Non, parbleu ?

BLAISE.

Je croirois ben. A propos de ça, comment trouvez-vous l'poisson ? Pierot vient de me dire qu'il passeroit, en cas que Mademoiselle Claudaine l'aime.

CLAUDINE.

Passionnément.

         THOMAS.

THOMAS.

Oui, il eſt très-frais, tu veux m'amener à te donner pour boire?

BLAISE.

Tout juſte, note maître, comme vous devinez? Queu malin que vous êtes?

THOMAS.

Tiens le voilà.

BLAISE.

Deux ſols! on voit ben que c'eſt le jour de vos nôces, vous faites de la dépenſe.

AIR. *L'occaſion fait le larron.*
Ne faut-il pas vous rendre votre reſte,
THOMAS.
Non garde tout, c'eſt pour toi mon garçon.
BLAISE.
Loin d'être ingrat je veux, je vous proteſte,
Vous faire avaler un goujon.
THOMAS.
Volontiers, cela n'eſt pas de refus.
BLAISE.

Laiſſez faire, allez, Mademoiſelle Claudaine vous le fra frire dans la poële à M. Lubin, pas vrai la petite mere? Ah, M. Thomas, que vous êtes heureux! Voyez comme alle vous regarde, ſi alle pouvoit vous manger alle le feroit. Sar-adieu M. Thomas.

THOMAS.

Bon jour, mon ami.

BLAISE *ſortant.*
Y allez vous en gens de la nôce,
Y allez vous en chacun cheux vous.

C

THOMAS.

C'eſt un bon réjoui !.... comme te voilà rê-
veuſe, depuis un inſtant tu n'es plus la même,
que te manque-t-il ?

CLAUDINE.

Des poires.

SCENE X.

THOMAS, CLAUDINE, PIEROT.

THOMAS.

TIENS, voilà Pierot, tu vas étre ſatis-
faite.

CLAUDINE.

Je craignois qu'il ne m'eût oubliée.

PIEROT *toujours niais aprés avoir poſé l'échelle.*

AIR. *Nous jouiſſons dans nos Hameaux.*

Vous oublier, nenni vraiment,
Je n'en ai point envie,
A vous ſervir, à tout moment,
Je paſſerai ma vie.

THOMAS.

Fort bien,

PIEROT.

Monſieur, en vous aimant,
Fait que ça m'intéreſſe,
Et je vous regarde à préſent,
Tout comme ma Maîtreſſe.

THOMAS.

Oh, tu le peux, puifque je la regarde moi, comme ma petite femme.

CLAUDINE.

AIR. *Ah le bel oifeau Maman.*

Pierot ne fe trompe pas ,
Et le titre qu'il me donne ,
A pour moi tous les appas ,
D'une brillante couronne ,
Quel bonheur lors qu'en aimant ,
Le cœur feul tient lieu de trône !
Quel bonheur lors qu'en aimant ,
On regne fur fon Amant !

THOMAS.

Tu m'enchante. Elle eft folle de moi. Pierot
dépêche-toi de lui cueillir de ce fruit.

PIEROT.

AIR. *M. en vérité vous avez bien de la bonté.*

Oh , je ne me fais point prier ;
Mais , Monfieur , fi je monte ,
Ne fecouez pas le Poirier ,
Car j'aurois peur. . . .

THOMAS.

Quel conte !
Mon pied fera ta fûreté ,
Crainte que l'échelle ne gliffe ;

PIEROT *montant.*

Point de malice ,

CLAUDINE.

Monfieur , en vérité ,
Vous avez bien de la bonté !

THOMAS *au pied de l'échelle.*

Que veux-tu, il eſt peureux, il ne faut pas ſe mocquer de ſa ſimplicité. Un homme d'eſprit plaind ceux qui n'en ont pas.

PIEROT *ſur l'arbre.*

Ah, ah, Monſieur ! que faites-vous donc là ?

THOMAS.

Parbleu, tu le vois bien.

PIEROT.

Vraiment, oui, je le vois. Quoi ! avant d'être mariés prendre ces petites libertés-là.

THOMAS.

Que diable eſt-ce qu'il chante !

PIEROT.

AIR: *Maman, qu'eſt-ce donc qu'ils faiſoient ?*

Devant moi former ce deſſein !

THOMAS.

Que dis-tu ?

PIEROT.

Vous pouſſez Claudine ;

THOMAS.

Qui moi ?

PIEROT.

Vous lui baiſez la main,
Elle ne fait point la mutine
Vous l'embraſſez,
La careſſez.

THOMAS.

Fais-toi donc mieux entendre ;

PIEROT.

Diantre, comme vous la preffez.

THOMAS.

Je n'y puis rien comprendre.

La tête lui tourne.

PIEROT.

Ah ! vous ôtez l'échelle,& vous vous enfuyez !
Monfieur Thomas ? Mademoifelle Claudine ?
Ils s'envont ! Je favois bien moi qu'ils me fe-
roient des malices.

AIR. *Manon dormoit.*

C'eft fort mal fait.

THOMAS.

Parle, que veux-tu dire,
Le diable met
Ton efprit en délire.

PIEROT.

Mais quelle voix j'entend !

THOMAS.

Defcend, defcend,
Et tu veras, pauvre innocent.

PIEROT *après être defcendu fe frotte les yeux.*

Hé non, vraiment, les voici.

THOMAS.

AɪR. *Ton humeur eſt Catherine.*

Hé bien, prenons-nous la fuite,
Dis-moi, nous embraſſons-nous ?

PIEROT.

J'ai pourtant vû...

THOMAS.

Tu mérite,
D'être mis au rang des foux.

PIEROT.

Je reſte tout comme un marbre,
Car j'ai....

THOMAS.

Pauvre écervellé !

PIEROT.

Mais il faut donc que cet arbre,
Soit, Monſieur, enſorcellé.

Et ſi je n'ai pas tout vû ce que je vous ai dit,
je ne m'appelle pas Pierot. Voyez le ferment
que je vous fais.

CLAUDINE.

Cela paroît bien étonnant.

THOMAS.

Il faut qu'il en ſoit quelque choſe; car quoi
que ſimple & niais, il a des yeux. Parbleu, éprou-
vons cela.　　　　　　　　*Il monte ſur le Poirier.*

PIEROT.

Il le prend bien.

CLAUDINE.

AIR. *De s'engager il n'est que trop facile.*
Mais quel succès ceci peut-il produire !
Savez-vous bien qu'avant la fin du jour ;

PIEROT.

Tout sert nos vœux ; mais laissez-vous conduire ,

CLAUDINE *lui donnant la main.*
Je mets mon sort dans les mains de l'amour.

THOMAS *sur l'arbre.*

Il sembleroit qu'il lui prend le bras.

PIEROT.

Daignez seulement me suivre.

CLAUDINE.

Mais Lubin, la Pudeur, la Sagesse, me dé-
fendent....

THOMAS.

On diroit qu'il la presse.

PIEROT.

AIR. *Ah ! je vous trouve , Chevalier.*

La fuite ne sera que feinte ,
Ne craignez rien.

CLAUDINE.

Hélas !

PIEROT *lui baisant la main.*
Aimons-nous sans contrainte ;

THOMAS.

Cela va bien ;

C iv

PIEROT.

Pour notre intérêt, & par grace,
Daignez m'accorder un baiser,

CLAUDINE.

Pourois-je vous le refuser !

THOMAS.

Ne croiroit-on pas qu'il l'embraffe, ma foi, je trouve ce Poirier fingulier ; mais, mais fort fingulier.

PIEROT.

Belle Claudine, venez.

CLAUDINE

Je n'ofe.

PIEROT *fe jettant à fes genoux.*

Je vous en conjure.

THOMAS.

Oh, oh, le voici à fes genoux ! defcendons.

PIEROT *pendant que Thomas defcend paffe de l'autre côté de l'arbre.*

Cruelle, nous fommes perdus !

THOMAS *defcendant.*

Cela reffemble fi fort à la vérité,

CLAUDINE.

Que je fuis fotte !

THOMAS *defcendu.*

Ma foi non, ils font fort tranquilles, les pauvres enfans.

CLAUDINE.

Hé bien , Monsieur, avez-vous vû quelque chose ?

THOMAS.

Oui d'honneur , ou du moins j'ai crû voir qu'il te prenoit la main, qu'il la baisoit, qu'il étoit à tes genoux.

PIEROT.

Là ! suis-je un menteur !

CLAUDINE.

AIR. *De tous les Capucins du monde.*

Bon , vous riez ,

THOMAS.

Eh non , te dis-je ,

CLAUDINE.

En ce cas c'est donc un prodige ,

PIEROT.

Voyez , Monsieur , si j'avois tort ,
Etois-je fou ,

THOMAS.

Non , je t'assure ,
Malgré cela je doute encor
D'une aussi comique avanture.

PIEROT.

J'étois comme vous.

CLAUDINE.

à part.   *haut.*

Que je me repens de ma timidité. Je suis en-
chantée de cela. C'est une découverte rare.

THOMAS *content.*

AIR. *Un mouvement de curiosité.*

Comme tu dis , la découverte est bonne ,
Cet arbre est une curiosité ,
J'attrapperai par-là plus d'une personne ,
Plus d'un jaloux y sera déconcerté ;
Tous trois.

Assurément la découverte est bonne ,

THOMAS *remontant.*

J'y monte encor par curiosité.

PIEROT *à Claudine.*

Laisserons-nous encore échapper cette occasion?

CLAUDINE.

AIR. *Sur ces Côteaux.*

Je me souviens
De ma sotise & j'en reviens ,
Vas , tu me conviens ,
A mon tour je te préviens ,
Viens.

PIEROT *ôtant l'échelle.*

Quel bonheur ! hâtons-nous ,
Qu'il est doux
De tromper un jaloux !

THOMAS.

Ne croiroit-on pas qu'ils ôtent l'échelle ! cela est original !

PIEROT, CLAUDINE *s'en allant.*

Suivons l'Amour,
C'eft lui qui nous guide en ce jour,
Loin des envieux,
Nous ferons en d'autres lieux,
Mieux.

Ils fortent.

SCENE XI.

THOMAS *feul.*

ON fe donneroit au Diable qu'ils s'en vont. C'eft plaifant ! c'eft fort plaifant ! je ne donnerois pas ce Poirier pour cent Louis. *Il rit.* Ah, ah, ah, ah. Parbleu, je m'amuferai bien ! Non feulement je m'amuferai ; mais je pourai faire nombre de gageures ; par conféquent les gagner & m'enrichir encore!Cette idée me flatte bien plus que mon mariage.

SCENE XII.

THOMAS, LUCETTE.

LUCETTE.

COMMENT ont-ils fait pour s'échapper ?
THOMAS.

Ah *!* Lucette, Lucette ? tiens, viens voir, viens voir.

LUCETTE.

Air. *Oui, j'ai tout vû.*

Ah ! j'ai tout vû,
Vous n'avez rien prévû,
Qui l'eût crû !

THOMAS.
Que dis-tu ?

LUCETTE.

Allez, Monsieur, ils font déja bien loin. Votre Pierot étoit un Amant déguisé en Valet.

THOMAS.

A l'autre ! est-ce que tu-es ensorcellée aussi
toi ? Le charme s'étendroit-il. . . .

LUCETTE *riant.*

Hé mais, Monsieur Thomas, vous radotez,
ils sont prêts à revenir.

Air. *Dans la jeune saison.*

Ma Sœur & son Mignon,
Qu'un Pêcheur considere ;
Dans la barque au poisson,
Ont passé la riviere ;
Hé riez, riez donc.

THOMAS *en colere.*

Ah petit serpent ! fripon de Pierot, efftontée
Claudine ! Vîte, coure après eux.

LUCETTE.

Ma foi, Monſieur, courez-y vous-même.

LUCETTE.

Eh, le puis-je faire ? maudit Poirier ! tu feras coupé ! à l'aide, au ſecours ! je créve, je ſuis volé !

SCENE XIII.

THOMAS, LUCETTE, BLAISE.

BLAISE.

HE puis ils s'en furent
Dans une maſure.

Ah ! ah ! dites donc Papa ? Qu'eſt-ce que vous faites-là ? Eſt-ce pour voir de plus loin que vous vla grimpé ſi haut ?

THOMAS.

Te voilà Pendard ! c'eſt donc toi qui facilite l'enlevement d'une jeune innocente.

Air. *Chantez mon Petit.*

Toujours par Fillette franche ,
Barbon doit être triché ,
Comme un oiſiau ſur la branche

THOMAS.

Coquin ,

BLAISE.

Le voilà perché !
Mi, mi , fa , re , mi ,
Chantez, mon petit , &c.

THOMAS.

Oh, que j'aurai de plaifir à te faire pendre.

BLAISE.

Notre Bourgeois, de la douceur, en atten-
dant je m'en vas vous tenir l'échelle, moi.
Il dreffe l'échelle contre l'arbre.

THOMAS *defcendant.*

Oh, nous allons voir beau jeu.

SCENE XIV *& derniere.*

M. DE BONSECOURS, CLAUDINE,
LUCETTE, THOMAS, PIEROT, BLAISE.

CLAUDINE *pendant que Thomas defcend.*

JE n'ofe paroître devant lui.

M. DE BONSECOURS.

Raffurez - vous, ma chere Enfant, je prends
tout fur moi.

THOMAS *defcendu veut courir après Blaife.*
Ah ! fcélérat.....

M. DE BONSECOURS.

Tout doux, Monfieur Thomas.

THOMAS *d'un air foumis.*

Ah, Monfieur !

BLAISE.

Air. *A la façon de Barbarie.*

Voilà Monſieur de Bonſecours,
Seigneur de ſa Paroiſſe,
Qui vient vous prêter ſon ſecours.

THOMAS.

Quèlle nouvelle angoiſſe !

BLAISE.

Il connoît votre intention,
La faridondaine, la faridondon,
Il va la ſeconder auſſi Beribi,
A la façon de Barbari, mon ami.

M. DE BONSECOURS.

Air. *Vous m'entendez bien.*

Mon cher, je vous donne à choiſir,
De plaider ou de les unir
Renoncez à Claudine,
Ou bien,
Je fais votre ruine,

BLAISE.

Entendez-vous bien ?

M. DE BONSECOURS.

Je vous abandonne tous les droits à ce prix.

THOMAS.

Quelle alternative !

BLAISE.

Air. *Quel plaiſir va nous unir.*

Croyez-moi, Monſieur Thomas,
N'héſitez pas,
L'occaſion eſt bonne,
Sortez d'un double embaras,
Laiſſez Claudaine & gardez vos ducats,

Fillette fait peu de cas,
D'un Soupirant dont la barbe grifonne ;
Croyez-moi, Monfieur Thomas,
Laiffez Claudaine, & fauvez vos ducats.

M. DE BONSECOURS.

AIR. *La bonne aventure.*

Allons, Monfieur le Tuteur,
Un mot doit conclure,

THOMAS.

Hé bien, je me rends, Monfieur,
J'enrage de tout mon cœur,

CALUDINE. } La bonne aventure, au gué ;
PIEROT. } La bonne aventure.

THOMAS.

Je vais faire abatre ce maudit Poirier, & fera
les frais de la nôce qui voudra.

M. DE BONSECOURS.

Je m'en charge.

THOMAS *à Lucette en s'en allant.*

Toi, petite coquine, pour n'avoir pas été plus
vigilante, tu payera pour ta Sœur dans quelques
années.

LUCETTE *à Blaife.*

Monfieur Blaife, je me recommande à vous,
quand je ferai plus grande.

BLAISE.

Volontiers, je ne rifque rien d'avancer le
mien dans ces marchés là ; moi je me fauve fur
quantité.

VAUDEVILLE.

VAUDEVILLE

DU POIRIER.

PRetextant une bonne affaire,
Un débiteur d'un ton poli,
Vous promet de vous satisfaire,
   Eh ! oui, oui, oui,
     Fiez vous-y !
Plus on est bon, plus il retarde,
Ensuite on a beau le prier,
Il chante, il rit, & vous regarde
Comme Thomas sur le Poirier.

Les agrémens du badinage,
Aux prudes causent de l'ennui,
Leur conduite en est bien plus sage,
   Eh ! oui, oui, oui,
     Fiez vous-y !
Bien souvent l'époux d'une prude
Qu'il respecte tout le premier,
Feroit une épreuve bien rude
S'il montoit dessus le Poirier.

Un amant cachant son martire,
Ne prend que le titre d'ami,
A l'estime seule il aspire,
   Eh ! oui, oui, oui,
     Fiez vous-y !

              D

On l'écoute, on l'aime, on se lie,
Et l'Amour ce petit sorcier,
Pour voir la derniere folie,
Monte bientôt sur le Poirier.

Quel vif accueil ! quelle caresse
Lise fait à son vieux mari,
Sans doute il a seul sa tendresse,
  Eh ! oui, oui, oui ;
    Fiez vous-y !
On endort le pauvre bonhomme,
C'est pour l'empêcher de crier
De ce qu'il voit les choses, comme
S'il étoit dessus le Poirier.

Quand nous vous plaisons, ce spectacle
Par vous, Messieurs, est embelli,
La critique y met-elle obstacle,
  Eh ! oui, oui, oui,
    Fions nous-y !
Nous ne craindrons point les orages
Que les revers font essuyer,
Si vous faites par vos suffrages
Fructiffier notre Poirier.

J'ai lû par Ordre de Monseigneur le Chancelier un Opera Comique, intitulé *le Poirier*, faisant partie du nouveau Recueil des meilleures Piéces, representées sur le Théâtre, & je crois que l'on en peut permettre l'impression. A Paris, ce 14 Août 1752. CREBILLON.

De l'Imprimerie de BALLARD, rue S. Jean-de-Beauvais à Ste. Cécile.

Vaudevilles, ronde de table , Duo, Brunette & autres , dix
parties finies.
Les Desserts des petits soupers, de Madame de ** cinq parties.
Recueil des Menuets, Contre-Danses & Vaudevilles chantés aux
Comédies Françoise & Italienne, douze parties.
Recueil d'Airs & Menuets, Contre-Danses, Parodies chantés
sur les Théâtres de l'Académie Royale de Musique , & de
l'Opéra Comique , neuf parties.
Amusemens champêtres, ou les Aventures de Cythere, chansons
nouvelles à danser, une partie.
Menuets nouveaux en Concerto Contre-Danse, quatre parties.
Choix de différens Morceaux de Musique , trois parties.
Les Loix de l'Amour Recueil de différens airs, trois parties.

*Comme on a fort gouté ces Recueils, & qu'on y a trouvé
tout ce qui a paru de plus joli & de plus récréatif , l'Edi-
teur a entrepris de les continuer & de mériter l'approba-
tion du Public , par son empressement à lui donner ce qu'il
y aura de meilleur & de plus amusant. On voit d'ailleurs
qu'ils sont d'une ressource infinie , pour les Etrangers &
pour ceux qui jouent des Instruments , puisqu'ils renfer-
ment les Airs les plus intéressans & les plus propres à former
les jeunes Gens & les perfectionner dans la Musique.*

Toutes ces Piéces se vendent en 6 volumes reliés ou
séparément, & sont très-utiles à toutes les Sociétés qui
veulent jouer la Comédie.

*On trouve chez le même Libraire un assortiment général de
tous les Théâtres & Pièces détachées, tant anciennes que modernes.*